A cruz baldia

A cruz baldia

Milton de Andrade

1ª edição, 2025 / São Paulo

LARANJA ORIGINAL

o arcano 9

a foto rasgada 13

cantilena do amor canino 19

o caderno 23

o cigarro e o jornal 29

o sofá carmim 35

fora da curva 41

o diário roubado 47

o armador 53

o coliseu de areia 61

o sexto dia 67

gato gato gato 77

the who no canavial 83

os dois curiosos 89

o anjo vermelho 95

[o arcano]

UM DESCAMPADO tomava conta do entorno cercado de morros secos e vermelhos ao fundo. Arin corria entre arbustos contorcidos, raspava a terra criando pequenas covas com as pontas dos dedos ajuntados do pé, chutava uma bola murcha para longe da cruz, corria atrás e voltava dando chutinhos curtos com o olhar baixo, sutil contato entre seu corpo descalço e aquele mundo sáfaro. Acordava cedo e tinha para si o campo desolado com uma cruz cravada no meio. Mais tarde, mais gente, idade diferente, olhares acesos na lida de pequenos empurrões e corridas para longe do arcano de madeira enterrado. Tinha também quem ficava olhando pelas bordas do capim raso. A conversa ecoava longe e dava conforto a quem passasse entre os corpos miúdos. Um dia foi diferente. Uma figura talhou o campo com um grito reto e paralelo à rua que se estendia de um velho alpendre branco, sujo de barro respingado da chuva. Pressão cortante sobre as criaturas que se recolhiam sem resposta ou entendimento em passo curto, congeladas na imagem do desespero que não se sabia por que vinha nem o que carregava. Arin aproximou-se da cruz, apoiou a mão direita na madeira, girou o corpo para o campo e olhou para frente e ao chão chutando de leve o ar. Eu sabia que isso ia acontecer um dia, remoeu. A sombra continuou na linha do grito, atravessou a parte da frente do terreno baldio e parou diante de Arin que continuava olhando baixo com a mão apoiada na cruz. A outra mão balançava solta. Adaga e espada. Agarrou o caderno e arrancou-o das mãos sujas que o seguravam. Eu já ia mesmo te contar tudo.

[a foto rasgada]

ALÉM DO ABRAÇO UM SAFANÃO, replay de um desprezo anoitecido de convulsão. Não era fácil esquecer aquele pedaço de amor rasgado, aviltado buraco de ser a ser completado quem sabe que dia em que idade por alguma imagem recortada de jornal. Tesão disperso e perdido que deu voltas e vagou, e tarde, cansado, pousou na tela de um quadro sem força para carcomer, como traça, a imagem de um ser desenhado no papel. Por que você faz isso comigo? Recalque mudo, voz caseira repercutida na alma inquieta. Não se pede sempre para ter. Girado desejo, refogado, sopa só de querer, mistura de sobejo e tempero que só mata a fome. Por que você me deixa desse jeito? A voz entrava estreita entre a fenda de um tapa retrucado e a ferida que sobrou estampada na cara. Alma humilhada avermelhada e atrás dela o todo criador torto amor que forja o assassino. Por que você fez isso comigo? Simples equação sem quadrado nem incógnita resolvida num sopapo. Toma lá, dá cá. É isso a igualdade? E a mão escorreu pelo vermelho espalhado pela pele. Sopro de corpo jaz-amado. Restava agora a corrida, não mais fuga de briga, mas a que levaria para longe o traço homicida. Arin via da soleira a cena da qual não mais se falaria até aquele maldito dia da cruz baldia. E a sombra funesta se foi com o olhar baixo entrecortado pelos tropeços e pelo maxilar duro, respiro curto e afoito. Depois da esquina uma perna atravessada na rota da fuga, pé e tombo revirando o ser agitado pela desforra banal que podia até virar notícia de jornal. Mas o silêncio foi maior do que tudo, vingança boa é vingança muda, dá em nada. E assim o fantasma se foi limpando com desdém a mão na bunda sem olhar para trás, engolindo seco na garantia do silêncio pactuado pelo desagravo de um coletivo fajuto. Arin se recolhia e se jogava de cara no sofá de couro falso toda vez que pensava cena sobre cena nesse engruvinhado de mão, grito, respiração e lembrança indigesta. Isso vai acabar mal um dia, balbucio de criança taciturna. Foi aí que pegou uma folha de jornal, amassou-a dez vezes murmurando uma mistura de reza e promessa. Na última espalhou bem as rugas do papel sujo apoiado no chão, enfiou o dedo na fotografia e, fechando a mão, arrancou a imagem que pouco dizia: era só um jogador de futebol. Deu outra espalhada na imagem rasgada, a carregou até o quarto e a colou na parede branca caiada, no seu altar de fotografias. A nova em preto e branco no meio, as outras de lado com brilho de revista colorida. Todas as noites fazia as contas com esses arcanjos que lhe serviam de cabeceira. Costas estiradas num colchão de chita meio embolado, o nariz apontado para o teto que na verdade não era teto era o chão de madeira do andar de cima onde ficava a cozinha. Um pano velho, estirado nas quatro pontas pregadas na parte de baixo do pavimento de madeira, protegia a cama para que não caíssem entre as tábuas os ciscos dos restos de comida varridos durante o dia. Era assim o seu quarto semienterrado. Olhava as figuras invertidas esticando o queixo para o alto. E dormia.

[cantilena do amor canino]

'ALEGRIA VARRIDA NUNCA É FINITA corre-corre de gente canina alegria-alegria estalido de dedo salto de quatro patas olho e dente e língua balança o sorriso. Gente boa é criatura canina bate-bate coração insistente há quanto tempo a gente se conhece velha parceira fida leal às vezes traidora quando morde leve ou forte nem precisa desculpa. Vacina de raiva dói no umbigo coisa ruim melhor bem seria não ter abusado da doméstica cria. Desculpa sou eu que peço pelo tal alarido dor choradeira de morte juro que te amo e se não te faz sentido aceita cafuné no teu pelo macio e querido. Pulga não quero mas se precisar empresto até meu sovaco afeto apego amor é laço coçar é tudo que mais gosto é nisso que somos parecidos. Viva a terra que nos une viva o vento que refresca a língua viva banguela bisteca careta choné paçoca cacau e polenta. Quanta gente na praça roda livre de santo e pecado é aí que bate a inveja tudo que quero é o fim dessa reza miro mesmo o corre-corre de gente canina. Quantas vezes pegamos a corda puxa-puxa não só de coleira brincadeira de mordida barbante cordel bolinha verde de borracha espinhuda. Bom mesmo é sair por aí bate que bate patas no chão estrepe na unha não é mole não. Prego martelo chicote trabalha gente maldita sem tempo para ver a joia da boa amizade canina. Cheiro bom perfume xampu escovão pente fino coisa de bobo petlove sanitário higiênico nada entra nessa crosta dura. Oh meu deus quanta gente à toa rodeia tonteia aspira voleia ninguém sabe como é bom caminhar no faro solto do rumo só de cheiro e língua solta nenhuma conversa pé na areia arranca cavaco rabo em pé continua a marcha e o absorto cheiro. Domesticada corja humana pouco vê gente bacanuda não entende o desatino da carne rola-rolê na grama coça-coça tremelique olho no olho que coisa incrível o entendimento mútuo entre um bicho e outro. Quem manda não sei a ilusão de ter é coisa de gente humana que gosta de dormir agarrado grude esfregão na canela lambida na cara toque-toque de rabo focinho na terra interesseira vadia preguiçosa no prazer de ter nos braços a fiel companhia'.

[o caderno]

AS CRIANÇAS COLOCAVAM TODOS OS DIAS uma página arrancada do caderno sobre a mesa de madeira que ocupava a parte da frente da sala de aula com uma lousa verde comprida ao fundo. Dessa pilha de papel maltratado, cada folha seria corrigida, removida para o canto esquerdo da mesa e, num dia qualquer, devolvida às crianças para que copiassem tudo de volta no caderno-brochura que tinha na capa uma tira de papel, colada e sobreposta com durex: PORTUGUÊS. Mas nada impedia que o texto fosse ainda adulterado, que as palavras tachadas e proibidas voltassem para a redação, e novas ideias fossem depositadas no caderno que afinal seria bem pouco examinado, mais do que tudo, tocado só de relance por uma mão senhora e trêmula. Era divertido fazer de novo em casa o caça-palavras no dicionário velho meio que desmontado, e dessas letras fazer peças de um quebra-cabeça, cálculo do que um dia foi visto e do que poderia ou não ser dito, ordenação de casos e redemoinhos de verdade e ficção. De vez em quando, Arin destacava da brochura do dicionário de capa preta com letras douradas um bloquinho de páginas que se soltava quase que por si mesmo numa espécie de auto livramento. Girava o folhoso como quadro luminescente a ser visto inclinado, de ponta-cabeça ou curvado. Dali as palavras se moviam para desafiar a mente daquela mão que batia na mesa. A letra a lápis se arredondava no traço repetido e soltava bolinhas de grafite esmagadas pelo inevitável toque da parte gorda da mão. O esfregão da borracha completava o serviço, dobrava a página, e o caderno engordava manchado e ondulado. Quais palavras mereciam ser colhidas para pintar o ímpeto, quebrar as beiras e bolear as quinas da lembrança? Difícil saber em meio a tanta escolha, a não ser pelo poder que cada palavra catada tinha em transformar o estalido da língua num sonoro palavrão. E um seguia o outro a formar um cordão mal-educado, um adorno na moldura da página que receberia no centro um desenho de três cabeças de cabelos crespos, olhos estatelados, bocas retas, orelhas redondas, pescoço de um risco só que ligava o tronco ovalado a braços e pernas também de traço único. Seis mãos sobrepostas com cinco riscos espetados, e os pés como bexigas apoiadas num rabisco em zigue-zague forçado. Páginas e páginas de molduras malcriadas, e no centro, esses cartuns de figuras monstruosas de mãos dadas. Um dia, Arin resolveu destacar uma delas que, já livre do caderno afofado, iria receber outros verbos caçados no dicionário antes de ser apoiada na mesa longa da sala de aula. Apertava o lápis e fazia um ponto final carnudo naquele esquema que iria substituir a esperada redação. Colocou a folha na bolsa tiracolo da escola e se foi como sempre caminhando a passos largos com aquele sapato de fivela maldita e meias três quartos alvejadas que lhe apertavam a batata da perna todo começo de tarde. Aguardou o sino em silêncio no pátio, em pé, balançando o tronco encostado nas duas mãos, uma sobre a outra entre a bunda e a parede, e logo que chegou na porta da sala foi na direção da mesa. Apoiou a página solta no canto direito sem olhar e foi se sentar. Aguardou, quem sabe quanto. Finalmente a mão trêmula pegou o pedaço de papel, olhou rápido e nem esboçou reação, sequer o passou para o outro lado, abriu a gaveta da mesa e o lançou com um gesto curto ao fundo. Olhou a sala enfileirada e deu três passos pesados na direção da janela. Lá fora a criançada já corria em ondas de gritos soltos, risos e estocadas. Arin ficou para trás dos que saíam estridentes ao recreio, e parou na soleira. Fria, esperava uma voz que lhe perguntasse o porquê do adorno emoldurado, do ponto final espiralado e gordo, das frases enigmáticas que amarravam as três figuras esquisitas às bordas dobradas da página. E nada. Escutou só os passos e os saltos que tocavam o chão oco, e sentiu o arranhado de madeira da gaveta que se abria e se fechava. Fria, ainda mais. Nenhum porquê, nada, só um arrepio, ainda ele, que crescia com a sombra que se aproximava e lhe tocava as costas com as pontas dos dedos de uma mão enquanto a outra segurava a folha solta. Vai. O frio desceu da barriga às pernas e os passos saíram curtos na ponta do pé, a cabeça ainda mais vazia e a boca aberta, sem querer, numa corrida desesperada de alma não acudida. Estacionou o corpo numa roda qualquer de pivetes. Olhava os joelhos ralados, e as covas cavadas na terra vermelha com tampinhas de refrigerante para as partidas de bolinha de gude. Aqueles buraquinhos no chão eram a única coisa não plana que via.

[o cigarro e o jornal]

MOVIMENTOS LENTOS DE MÃOS DELICADAS giravam as páginas do jornal estendido sobre a mesa da copa. O velho lia uma a uma, cigarro na boca e boina na cabeça de rosto arredondado. As cinzas se alongavam com a bituca na boca e, antes que caíssem, ele as levava ao cinzeiro equilibradas ao alto na ponta do cigarro preso entre os dedos curvos. Do outro lado da mesa, Arin observava sentada e deslizava em silêncio as pontas dos dedos sobre a madeira com movimentos sincronizados das pernas que se dobravam e se alongavam por baixo da cadeira. Duas horas desse ritual matutino e pequenos comentários espremidos entre os lábios e o cigarro, e um gemido longo de vez em quando intercalado ao giro da página que, antes de ser lida, era espalmada até a borda alinhada do jornal. Era o momento em que Arin aproveitava e arrumava o corpo de leve, apertando as costas das mãos fechadas contra a cadeira e os dedos dos pés dobrados contra o chão. O relógio de parede marcava segundo a segundo, e o velho acomodava o tique dos olhos ao andamento da hora. Vez ou outra, uma voz perdida vinha da rua e entrava pela porta da sala entreaberta. Era pouco para quebrar a linha contínua daquele ato em que velho e criança se serenavam com um jornal sobre a mesa. Última página virada na segunda hora, e Arin recolhia o jornal dobrado passo a passo pelo velho até formar um retângulo volumoso, e o carregava apoiado bem abaixo do nariz, correndo a um ranchinho ao lado do galinheiro. Ali seria empilhado com outros maços prontos a serem usados como envoltórios dos ovos colhidos. Num final de manhã, as folhas eram cortadas com cuidado, os pedaços amassados e em seguida estirados para que abraçassem os ovos colocados numa cesta de palha que ia parar num velho jeep willys. Antes de fechar o delicado embrulho, Arin lia de relance as palavras espremidas no papel e guardava alguns desses pedaços de notícias, dobrados em minúsculos quadrados, no bolso de trás do short de brim enquanto repetia as palavras salvas. Abaeté Abaeté Abaeté... Assalto assalto... Morte... Mulher mulher mulher..., sussurrava e olhava ao redor como se roubasse as palavras e os ovos. Avenida avenida... Ministro ministro... Mundo...

Imundo... Sinistro... Pedinte. Gota gota gota... Chuva chuva chuva... Amor amor.... Medo medo... medo... Pecado... Carniça. E nas cantilenas criava um ditado proposto ao fundo do bolso onde o papel também se encontraria com dois ou três cigarros furtados do maço do velho enquanto ele lia cada linha do jornal. Então num esconderijo sombreado do quintal frondoso, cigarro e papel se topavam de novo. Arin abria com as pontas dos dedos cada quadradinho, os espalmava imitando o movimento do velho, acendia os cigarros, tragava forte e furava lentamente cada pedaço enquanto lia. Brasa acesa e pequenos buracos nos pedaços roubados, rede de círculos precisos à frente da face contra a luz do sol e de árvores, caleidoscópio improvisado, pequenas elipses a lavrar a memória e o sentido com o vai e vem das mãos miúdas da criatura que continuava a cantarolar na mente palavras colhidas, sobejos radiosos daquele rito do velho pacífico e atraente, que alargava o tempo pelos gestos só em aparência distraídos. Amém amém amém amém... Polícia polícia polícia... Governo governo governo governo... Ubatuba Ubatuba... Itanhaém... Rimava e escondia-se, e gritava com a nuca dobrada, papel e nariz ao alto, girava e girava, trocava os papéis furados e jogava os usados ao chão na mistura de uma visão imprecisa embaralhada por raios de luz filtrada pelo verde do quintal. Depois parava, antes que caísse em transe, recolhia tudo, cortava com os dedinhos os cigarros apagados, os colocava no centro de cada pedaço de jornal e os amassava de novo fazendo pequenas bolinhas. Braços esticados para baixo, punhos cerrados e as pelotinhas apertadas nas mãos, olhava firme em torno e girava lentamente marchando sobre os pés descalços. O muro branco respingado, a cisterna abandonada, frutas e folhas caídas, tijolos tomados por musgos macios. Então corria e lançava as bolinhas bem no meio de um capim alto usado para quarar os lençóis brancos da casa. E contava. Um dois três quatro cinco seis. Um dois três quatro cinco seis. E assim repetia o acanhamento, espalhando com as pequenas mãos as sementes da verdade.

[o sofá carmim]

O SOFÁ DE COURO-FALSO CARMIM ficava numa pequena sala escura com uma janela de alumínio fechada por venezianas e cortinas de um plástico pesado e florido. Um tapa na bunda e um empurrão jogou Arin em desconcerto dentro da saleta sem entender direito o que havia aprontado. Porta trancada a chave, começo de noite e choro moído por aquela culpa incerta, braços tesos, passos falsos, olhos caídos, cabeça de gigante, peito estufado, uma face apinhada de brotoeja. Sentou-se numa cadeira e apertou com a ponta dos cinco dedos da mão direita uma caneta azul depositada sobre a escrivaninha encostada na parede. Apertava forte o canudo hexagonal de plástico e um riso cínico lhe veio à boca, de novo, sem saber por quê. Abriu uma gaveta pesada com um puxão enrubescido pelo sentimento estranho de penúria. Com a cabeça levemente inclinada, um cálice atravessado na garganta, olho fixo ao fundo, um cheiro anoso dominou seu rosto e congelou o riso numa máscara, alto-relevo degradê que lhe atraiu a palma da mão rosácea na direção da sua face úmida. Afastou logo a mão molhada e a apoiou na quina da lateral cortante da gaveta, e olhou ainda o fundo. A cabeça foi descendo devagar até que o sono tocou o amontoado de coisas ali depositadas. O cheiro de madeira velha tomou por completo a alma miúda. Pesadelo que é pesadelo se repete, escutou um dia. O punho cerrado de uma mão do tamanho de seu corpo descia do céu como asteroide enlouquecido que cai em linha reta sobre um corpo deitado. A mão imensa desce e lhe massacra o peito. Ughi. De novo. A mão sobe, sobe até parecer pequena, e desce, desce como um raio de pedra redonda se agigantando na queda sobre o ventre supino e côncavo. Arghi. Sobe e desce a mão, martelo hidráulico que lhe manda uma jabuticaba férrea imensa sobre o rosto boquiaberto apoiado sobre folhas macias de um pé de árvore. A fruta gigante aperta as brotoejas, molda-se aos traços do rosto e se espalha deforme pelo pescoço e todo corpo para criar uma couraça de neoprene dos pés à cabeça. A blindagem de pele preta continua a apertar fundo e fundo o corpo deitado no chão macio de folhas e galhos caídos até que ele, o corpo túrgido e fino, reage e se destaca ao alto. Levita. Vaga alinhado à terra. Barco sujo de piche à deriva entre nuvens brancas. Arin se levanta, pega súbito a caneta com o punho cerrado, caminha como robô em passos curtos e se joga de cara no sofá carmim. De bruços, as pernas se arqueiam duras para cima apertando os glúteos e descem, os cotovelos no courvin e o peito erguido abre caminho aos olhos e à superfície lisa do sofá. A ponta da caneta desliza numa garatuja, e depois num esboço de casa azul. O desenho se espaça até as partes arredondadas do sofá, ao esconderijo de pequenas coisas caídas e nojentas, à borda de fora por onde as pernas se penduram, aos botões que recebem um borrão espiralado da caneta azul. Da casa alonga-se uma cerca de cinco traços paralelos pontuados com os asteriscos intermitentes de um arame farpado. Os fios se enredam pela paisagem azul e carmim, trançam troncos esquemáticos e caracóis sobre eles, sobem até um sol que ri simpático e se dobram até onde a mão alcança na parte de trás do encosto. Arin se gira e põe as costas suadas na superfície lisa e impermeável do sofá. Faz calor. E é noite. A porta se abre num rangido e uma lâmpada pendurada por um fio encardido se acende. Barriga côncava e fria.

A ponta de um dedo grosso lhe toca de leve acima do umbigo. A pequena boca se abre. O barco sujo de piche voa. A mão grande vai na direção da mão pequena caída borda afora, pendurada no braço decorado do sofá com estrias azuis. A mão grande sobe, sobe até parecer pequena. E desce, desce como raio de pedra redonda.

[fora da curva]

O ALPENDRE PAVIMENTADO COM CACOS IRREGULARES de ladrilhos vermelhos abria-se a um canteiro triangular onde dominava um cacto verde de pintinhas amarelas, daqueles que metralham a pele com fiapos grudentos quase que invisíveis. Dali o piso se estendia a uma calçadinha curva que levava ao portão da rua. Saindo ou entrando, para se livrar do cacto, era melhor arquear-se meio de lado com cuidado juntando os pés. Essa manobra se somava a tantas outras coisas disparatadas na casa pouco acolhedora. A cozinha tinha uma pia alta feita de tijolo e madeira sempre úmida e manchada. Para ligar o fogão de quatro bocas sem botões, um alicate ficava apoiado no botijão de gás encaixado embaixo da pia. Na sala reinava o pesadelo de um televisor PB, um sofá bege de camurça e um quadro de acrílico brilhante onde figuravam um caçador e dois cachorros, um deles com um pato na boca. Da cozinha, três altos degraus de trinta centímetros levavam ao quintal completamente coberto de um cimento áspero. O corredor que levava aos quartos e à salinha do sofá carmim tinha na parte superior das paredes pesados armários aéreos de portas desalinhadas e apinhados de coisas inúteis. A geladeira nova e branca contrastava com esse arranjo decadente completado com uma mesa de fórmica e pés de metal pintados grosseiramente de preto. No banheiro, um box de acrílico desbotado e um chuveiro elétrico que esquentava pouco, cheirava queimado e transmitia pequenos choques nos primeiros giros da torneira. Doía menos, descobriu Arin, se com o corpo nu tocasse o chão com os dedos dos pés levantados pisando só com o calcanhar. O seu quarto ficava embaixo disso tudo. Saindo pelos três degraus de fora da cozinha, contornando à direita mais seis degraus menos altos, uma pequena porta semienterrada dava acesso a um quadrado de paredes caiadas, uma cama e um guarda-roupa de madeira com um gavetão e um espelho oxidado e ovalado. Diante disso tudo, andar pelas ruas passando os dedos nos muros chapiscados era um alento. Bater palma e sair correndo, catar cavaco entre poças, bueiros e cachorrada, bater graveto na grade de ferro do velho barrigudo, dizer simplesmente bom dia com a mão levantada, parar na porta da lojinha vazia da mulher que tem sempre um bebê no colo, subir e descer mil vezes a escadaria tórrida da igreja. Andanças do resguardo. Encontrar companhia e chamá-la para brincar em casa era desatino na contramão de tantos impedimentos impostos pelo lar odioso. Mas naquele dia o desgarre do algo a fazer com a amizade tantas vezes proibida pelo caos corrosivo daquela casa. Proseou e antecipou em parte o plano. Curvava de cá e lá as mãos, dobrava os punhos e apontava com ânimo vias de fuga batendo os braços. Um mapa se desenhava no ar aos quatro olhos que ali se encontravam numa tela etérea de gestos afetuosos. Uma nova língua feita de acenos cortantes, pergunta e resposta, mimesis do inesperado, a chegada de um ato ignorado, mais ou menos e fim. A companhia abria também a boca com os olhos arregalados e punha para frente os lábios na forma de um círculo estreito e duro, e com a face congelada dava pulinhos imitando um canguru. Hora de ir para casa, quando ninguém estaria, e sair em disparada. O trinco do portãozinho de ferro aberto às pressas, a curva perigosa pelo cacto, a porta da rua sendo escalada com um agarro das duas mãos nas grades de ferro da janelinha e enfim aberta com a mão direita enfiada na direção do trinco interno, com a cara espremida na gradinha. A porta se abria com Arin pendurada com os pés contra a folha de madeira, tecendo caminho para sua companhia secreta. Aí o ritmo caía abrupto com as mãos deslizando pelo ferro, um pulo, dois pés no chão e os olhos fundos. Passos silenciosos pelo território inimigo e pelos degraus até o quarto semienterrado. O lençol de viscose cheio de bolinhas aplanado pelas quatro mãos, o travesseiro fofo de paina de taboa jogado no chão, as fotografias dos arcanjos de cabeceira pregados na parede, o pano velho que escondia o teto pendurado com quatro pregos, o espelho manchado refletindo os corpos nus em pé sobre o leito, dedos de uma criatura a acariciar a face da outra, mãos que descem pelos braços até tocarem côncavas a genitália. Um puxão, dois puxões e um abraço. Quatro olhos apertados e o primeiro beijo, e as pequenas unhas a coçar fiapos agarrados nos corpinhos piniquentos que se alargaram na curva perigosa.

[o diário roubado]

A VENDINHA DO BUBE com seus corredores estreitos trazia a novidade de se caminhar entre pacotes coloridos de cheiro forte, e levá-los para casa em sacolinhas. No fundo transversal às filas das embalagens, ficavam alinhados os velhos sacos de algodão e estopa para o granel. Era curioso enfiar as mãos entre os grãos, achar uma pedrinha e guardá-la no bolso de trás do short. O dono ficava quase o tempo todo encostado sobre o ombro direito na parede de fora da venda. Bine, o menino ajudante, arrumava as mercadorias e chamava o patrão quanto tinha alguma conta a fazer. Não dava bola para quem chegasse, só dizia um oi alongado e se agachava de cócoras para aprumar as peças maiores que ficavam na parte baixa das prateleiras ou se esticava para alcançar uma caixinha caída por trás das carreiras que deviam ficar bem alinhadas. Quando Bube entrava para o caixa, Bine aproveitava e saía para a calçada, abria os braços e soltava um bocejo barulhento, dava dois passos de um lado e de outro e corria para dentro quando via que o patrão voltava, encontrando-o toda vez no corredor estreito, que os fazia passar de lado e reclamar ao se esfregarem com as barrigas estufadas. Eles conheciam bem Arin e preferiam achar que as fileiras da venda só faziam parte do seu circuito de andanças. Mas tinha algo ali. Não só as pedrinhas, mas também coisas pequenas, e outras nem tão miúdas, iam parar debaixo de sua camisa de tergal larga e comprida até quase o meio da coxa. E assim um caderno brochura de cinquenta páginas foi encaixado sob o elástico do calção e rapidamente coberto na barriga apertada pelos músculos que se comprimiam numa expiração fina e silenciosa. Arin saía bailando da venda, dando pinotes arriscados que lhe serviam de disfarce diante do dono que parecia curtir a brincadeira, e quiçá, até soubesse dos desavisados furtos, nem tão frequentes, e simplesmente preferia viver o trote daquela dança a criar caso com uma família que quase nunca era fácil de encarar na cidadela dividida em duas categorias de gente, os que davam e os que não davam para conversar. Era a vida naquele esquadro de ruas retas de terra que trançavam quarteirões simétricos e interligados às duas bandas laterais de terra feitas de capoeiras inúteis. Na parte de cima,

Leste, erguia-se uma leve colina em campo aberto e pequenas árvores retorcidas. Na parte baixa as ruas transversais se conectavam a uma estrada de areia barrenta pela qual passavam as boiadas, levadas quilômetros e mais quilômetros de fazenda em fazenda pela beira da várzea que se expandia até um pequeno rio. Arin disparava com seus furtos na direção da parte baldia ao Sul até o alpendre branco de sua casa no fim da rua principal da vila. Era a última casa por aqueles lados e separava o vilarejo dos pastos cheio de carrapatos e cercas um tanto aleatórias pregadas nas próprias árvores dispersas aqui e lá pelo mato ralo. Antes das cercas num espaço circular, estava fincada a cruz de vigas pesadas de madeira. Em dois toques, o caderno pautado foi parar no fundo do gavetão do guarda-roupa, escondido debaixo da folha de papel kraft empoeirado que lhe servia de forro. E também um lápis preto grande, daqueles de pedreiro, bom para fazer desenhos com traços largos, mapas de esquinas anguladas, corpos entrelaçados em letrinhas e palavras incógnitas e obscenas, gente plana com a boca escancarada e mãos com dedos espetados que seguravam cruzes de um obituário de dez mortes: Antóvilo, Moêmia, Adinor, Maísa, Valéria, Antenor, Pávila, Estivisson, Adenastor e Gaudêncio. Enfiando o dedinho indicador da mão direita bem no centro do miolo até tocar o grampo da brochura, Arin a abria com a mão fechada em pinça com o dedão. Nessa segunda parte do diário pautado pequenas aranhas figuravam uma espécie de brasão no alto de cada página. Dali partia um texto longo de letras gordas e palavras agarradas, ali começava a ciranda de feitos e desforras, confissões e acusas, versetos em rima pobre, e o fim do mundo rotundo.

[o armador]

BETERO ERA O NOME DO CARA que montava a lona do circo-cinema. Tarzan, Ataque Sanguinário, A Lei do Bravo, as Aventuras de Rin Tin Tin que serviam de preâmbulo a Drácula, O Mágico de Oz ou O Pecado Mora ao Lado. A lona era erguida e estaqueada na parte alta da vila ao lado de uma capela que passava a maior parte do tempo fechada e abandonada pela paróquia. Grudada à capela, a bilheteria era montada numa estrutura de metal estreita e vertical que lembraria hoje um banheiro químico. Os três cruzeiros eram recolhidos e amontoados numa gavetinha embutida na lata do habitáculo, e a entrada das crianças que não tinham como pagar era facilitada pelo montador musculoso que levantava a saia da lona numa de suas laterais depois que a sessão já tinha começado. O velho projetor ficava exposto apoiado num andaime e sua luz cortava as cabeças dos que ficavam nas últimas cadeiras de abrir e fechar feitas de tabuinhas de madeira e ferro batido. Na troca dos rolos dos longa-metragem ou quando a película se arrebentava pelo puimento ou pelo calor que se acumulava dentro do encerado, era hora do intervalo forçado e do alvoroço regado a algodão doce comprado com uma nota de um cruzeiro. Quase nunca o filme retomava o curso da história, mas nenhum sobressalto afetaria aquela gente distraída pela extraordinária presença de tiros, choros e flechadas, camisas de couro e franjas, carruagens de toldos brancos, rodas barulhentas de um trem a vapor, longas tranças em cabelos lisos de homens torrados pelo sol apache, manadas de cavalos selvagens montados por indígenas mimetizados no deserto, xerifes e sargentos gordos, olhares de salvação de um cão inteligente, artimanhas da chimpanzé do rei da selva, um corpo rolando escada abaixo num castelo da Transilvânia, e Marilyn Monroe num vestido branco ao léu. O circo-cinema ficava ali uma semana, tempo em que a rotina da vila se misturava com aqueles peregrinos que atravessavam os hábitos da rua, e pediam bebidas incompreensíveis aos donos dos dois bares, localizados em esquinas antagônicas, de calçadas altas sobre as quais os homens se sentavam no final de tarde relaxados com as pernas penduradas, uma mão apoiada no chão de cimento e a outra ostentando um copo cheio de pinga. Era comum aparecer uma cigana, que não se sabia direito se pertencia ou não à trupe do circo, a se oferecer à leitura daquelas mãos que se escoravam no chão. Quando alguém cedia a palma estendida, os outros se mexiam apertando a bunda sobre o cimento, alongando e dobrando as pernas num último e afoito gole antes de se levantarem para dentro do bar. Pela manhã, as crianças que normalmente perambulavam pela cidade ficavam aglomeradas na porta do bar da rodoviária a observar as partidas de uma mesa de snooker montada ali no pequeno salão nesses dias de movimento. Betero era um dos ases do taco. A cada jogada aguda que encastrava a bola na caçapa, soltava uma piscadela a uma das crianças num encantamento alternado por um sorriso estreito nos lábios mestiços. A torcida crescia naquele público efervescente na sorte de ser reconhecido pelo olhar instantâneo de um homem virtuoso. Dentro, cadeiras eram dispostas pelos cantos e ao redor da mesa para os desafiantes que em sequência enfrentariam o imbatível armador do circo. Antes do almoço, depois de muitos triunfos e olhares atraentes, o campeão apoiava o taco de madeira num canto do bar e partia subindo a rua que o levaria à lona. De lá só saía no fim de tarde quando caminhava na direção da capoeira da cruz, um pouco além da casa de alpendre encardido que marcava o fim da cidade. Soltava assobios e se aprofundava no mato atravessando cercas com as costas paralelas ao chão, unindo arames farpados em vãos arqueados que serviriam a quem seguia seu caminho de longe. Escolhia um lugar resguardado por uma moita qualquer e sentava-se sobre a própria camisa. Esperava que uma fila de encantados se formasse sob o comando de Bine, distante o suficiente para que não se avistasse o que ocorria por detrás da vegetação agra. Um a um, seguiam o mandamento do menino maior, habituado a pôr ordem em alas e prateleiras. Arin dava lugar e deixava a fila andar. Olhava por cima nas pontas dos pés as crianças que abandonavam a moita correndo pelo pasto traçando um arco distante da fila. Sobrou, criou coragem e seguiu a trilha já marcada pelos pequenos artelhos. Um corpo nu depilado, sentado, apoiado com as duas mãos espalmadas para trás, liso e oleoso, com ramos de alecrim atrás das orelhas, o pênis grande e mole caído de lado sobre a parte interna de uma das coxas divaricadas, os lábios voltados aos pés cujas solas se tocavam unidas sobre um lenço vermelho estendido no capim. Um assovio agudo, raios distantes e silenciosos, um pio chamando a noite, o tempo cravado no chão, moviam-se os estilemas das folhas do papel escondido.

[o coliseu de areia]

UMA LINHA FUNDA E TRANSVERSAL cortava as costas enrugadas até o rego entre as nádegas que se acomodavam murchas. Abaixo dos ombros um mapa se desenhava com as linhas confusas da velhice. As pernas abertas de modo a colocar um pé na sarjeta e o outro d'outro lado da valeta pela qual escorria a água da chuva. Por trás se via o saco escrotal pendurado entre as coxas. Arin correu pelo canto da calçada apertando-se ao muro e olhou de esguelha o velho de cócoras. Um chapéu na cabeça, as pálpebras inchadas, sapatos pretos nos pés afastados e um cordão pendurado no pescoço que balançava pela posição do tronco que se esforçava inclinado para frente. As calças jogadas na beira da rua ao lado de um sacolão imundo. As mãos soltas ao lado das pernas pareciam não se incomodar com as moscas e a proximidade à merda acumulada que quase tocava a bunda seca. Arin seguia em frente sempre a resvalar o muro e de soslaio olhava a cena abjeta. Parou na parte baixa da calçada no final da rua e viu agora de frente o velho. Logo chove e tudo vem parar bem aqui, pensava fincando os pés onde a enxurrada descarregava uma areia fina, que, amontoada, formava um colchão de terra macia. O velho se levantou e resmungou, deu as costas e saiu na direção oposta, subindo a rua com o sacolão e as calças nas mãos. Era sujeito desconhecido, talvez um daqueles indigentes despachados na rodoviária de tempos em tempos por uma camioneta de origem incerta. O areão era uma arena acolhedora de corpos enredados em brincadeiras. Era também lugar de vingança dissimulada, subterfúgio e algum acerto de contas. Quem chegasse primeiro preparava com os pés um calombo comprido de areia que seria usado pela plateia, e ali se sentava até a chegada dos restantes que aos poucos iam também se acomodando no monte. Os que vinham de bicicleta puxavam os freios sobre o areão dobrando o guidão, e lançavam o corpo mole numa queda em câmera lenta. Era já um começo para os duelos travados nos restos macios trazidos pela chuva. Arin tinha a garganta presa naquela largada, o que sempre lhe ocorria quando uma sensação estranha nascia de algo não resolvido no decorrer do dia, e lhe tomava o corpo. Quando chegou, a terra já tinha sido amontoada por Yalin.

Sentou-se e ficou ali com o olhar baixo, como se aquele monte fosse atlante, e sobre ele recaísse todo o peso do mundo, fardo capaz de parar o tempo, o suficiente para que então um peão montasse um touro indomável, saltitante e enfuriado no picadeiro de terra fina cujos desfechos eram narrados em voz aguda amplificada por uma mão fechada diante da boca. E depois catch-as-catch-can, vale-tudo, menos dedo no olho, chute de areia, nem soco de mão fechada, apertão no pescoço, nem golpe baixo, tapa na cara ou puxão de cabelo. Mestre Tatu, Ted Boy Marino, Aquiles – o matador, Fantomas, A Múmia, O Homem Montanha, Tigre Paraguaio, Tony Videla, Gran Caruso... iam se revezando os gladiadores e os agarrões, queda e estrangulamento, sufoco, mão no queixo, braço torcido, empurrão de peito, dedo dobrado, puxão de orelha e de bochecha e de camisa e de bermuda arrancada à força pelos pés de um corpo no chão, vencido e zombado pela implacável troça da infância, até que um piedoso clamasse trégua ao corpo afoito. Breve desafogo que levaria Arin de frente a outra alma disposta agora a um enfrentamento menos violento, quase sutil, estranho àquela dinâmica aflitiva de luta e folia e colapso acrobático. Desafio mudo. Rapto. Era o que vinha das figuras ainda mais miúdas que se faziam de espelho num gesto e outro, dança acompanhada de sussurros que mimavam um passado recente. Por quê? Por quê? Por quê? Você, você, você. Não tem, nem vem, não tem. Sopro fino e mudo na nuca e depois o olho fechado na mistura de sonho e consumo de uma e outra figura, giro infinito de braço aberto, piscadela a cada encontro do riso mal resolvido, queda e pulo seguido de chute e ameaço solto no ar, braçadas tirando casquinhas, vultos em transe, bosquejos com os pés na areia, rascunhos da fábula movida, mãos que se agarram entre dedos e os nervos que tracionam o queixo. Nariz contra nariz feito formiga que se tromba e não sabe aonde ir, abalo aceso de dois corpos que gemem e se calam, mordida fria de língua que não fere uma paixão recolhida. E ninguém entende tão rude afago e tão doce alimento n'outro fim de tarde quente que traz chuva pesada e mais despojo de areia ao coliseu de fim de rua.

[o sexto dia]

O CORPO ESTAVA ESTENDIDO NUMA CAMA de solteiro no centro da sala de estar, ali colocado a pedido de Ute, a mais jovem das filhas, desfalecida, que tinha a certeza de que morreria em breve tempo e queria, antes de deixar este mundo, receber a extrema-unção bem no meio do caminho entre o sofá e a televisão. Toda a família e qualquer pessoa que chegasse naquele casarão de esquina de portas altas tinha que lidar com a cena da jovem vestida com um camisolão branco deitada com a boca semiaberta, braços esticados e as mãos em repouso curvadas ao alto. Um lençol cobria seu corpo da cintura até as canelas. Os pés nus ficavam de fora, e a cabeça afundada num travesseiro fofo que se misturava aos cabelos pretos, lisos e volumosos. Além da unção, Ute também queria ajustar alguns pontos soltos da breve vida que parecia mesmo estar acabando. Exigiu que a irmã mais velha, Liu, chamasse, uma a uma, pessoas que lhe acendiam alguma culpa ou desassossego para as sessões que ocorreriam todos os dias da semana no início da noite, de segunda a sábado, pois, calculava, no domingo já estaria morta. Pediu ainda que a irmã lavasse seus pés todo início de noite com uma toalha banhada no chá de hortelã e no sal grosso. O resto do corpo ficaria intocado nessa semana fatídica. E assim foi. O primeiro encontro com Norma, uma senhora grande e forte, de idade avançada, braços bojudos e poucos dentes, viúva de Gaudêncio. Uma pinta carnuda se destacava na parte baixa do seu pescoço, perto da clavícula esquerda. Após Liu fechar todas as portas e janelas, a mulher acomodou-se numa cadeira ao lado do leito mortiço. Girou a orelha direita na direção do rosto de Ute, e a escutou atentamente sem dizer nada. Marcava a métrica daquela confidência com um abaixar ritmado de cabeça. Às vezes inclinava um pouco o crânio na direção oposta, o que gerava um efeito ambíguo e a consequente elevação ondulada da voz de Ute que lhe dizia frases contínuas em tom melancólico. Escutou tudo atentamente e no final da história colocou uma mão sobre o ventre e outra sobre o joelho esquerdo da jovem e, com um leve tremor nos lábios, levantou-se. Apertou firme a mão da irmã que testemunhava tudo e saiu arrastando os pés até os degraus da porta do casarão, descendo com as mãos apoiadas nas laterais da forra. Liu abriu todo o cômodo, achegou-se e olhou fixo para as pernas da irmã sem encará-la, pronta a dizer algo, quando foi interrompida por uma gritaria que vinha do fundo da casa. Uma fila de vozes marchou da cozinha para a sala, escancarou a porta interna e passou reto pela lateral da cama, teve quem tocasse de leve os pés da adoentada, outros, a cabeça ou o quadril. Saíram ao encontro de um bando de gente que os esperava na esquina do quarteirão. Ute ergueu de leve a cabeça e Liu aproveitou e lhe arrumou o travesseiro, com a cabeça de volta, irrompeu da sua boca ressecada e mórbida um amontoado de versículos decorados. Os sons de dentro e de fora se misturavam numa algazarra insólita que levou a irmã até a porta a sentar-se nos degraus, apoiando os pés na calçada. E assim o ritual se cumpriria, com uma ou outra variação, até o sábado. Lava-pés, espera, recepção, amparo, testemunho, confissões, meias-palavras, evasão. Quem saberá o fim disso tudo? Na terça, um homem magro de meia idade escutou a ladainha parado na porta, dizia ter pressa e não entrou, só escutava e fumava, assoprava fora a fumaça e cumprimentava os curiosos que passavam pela calçada. Cumprida a parte que lhe cabia, lançou a bituca longe no meio da rua e se despediu com frieza das duas irmãs. Na quarta-feira, duas gêmeas altas e magrizelas, Leida e Lívia, coetâneas de Ute, uma de cada lado do leito de joelhos e testas apoiadas no colchão, com as mãos agarrando de lado o lençol branco de algodão, repetiam algumas palavras soltas que ouviam e afundavam mais e mais as caras no leito até que um pranto de quatro vozes as carregou desoladas para fora da casa. Na quinta, Gema, beldade prosaica da vila e esposa do Bube da venda, teria vez no culto de seis dias. Chegou maquiada e desconfiada, com bolsa tiracolo e um presente para a família da quase defunta numa sacolinha vermelha de papel, apoiou o pacote na peseira da cama, avisou que não tinha nada a dizer, o que não importava, pois ali o que valia era só a fiúza de uma alma atormentada. Foi embora também levada por um pranto copioso, mas que agora vinha no galope soluçado do desalento que só a consciência da perfídia e da traição traz. Na sexta-feira, o Polícia, como era chamado o único guarda daquelas partes, escutou tudo sem tirar o quepe. Alisava barba e bigode, limpava sem motivo as mãos nas calças da farda, dois ou três passos fingidos a espiar os detalhes da sala, as pernas tortas da mesinha da TV, o crucifixo pendurado sobre as gretas da parede, o sofá gasto. Olhava desavisado para Liu, que recebeu no final do solilóquio culposo da irmã duas mãos pesadas nos ombros e um olhar enviesado, mistura de comiseração e reproche. Saiu o Polícia fazendo o sinal da cruz com a mão esquerda apoiada no trinta e oito antes de abrir a porta por conta própria. Arin chegou naquele que seria o penúltimo dia do afogo da tia. Foi chamada de supetão quando já estava de banho tomado e aguardava a sopa que dragava sempre antes de dormir. Devia ir sozinha e rápido pois tinha que chegar antes do padre que iria concluir a história com óleo santo e latim, o viático, como se dizia. Encontrou a tia sentada na cama. Por que tudo isso bem no meio da sala? – veio-lhe um gesto espontâneo de sentar-se na cama, mas recuou e se contentou de apoiar lateralmente o dorso. Ute escorregou o quadril e os pés sobre o leito, afundou o tronco, fechou os olhos e assim que a cabeça tocou o colchão embalou um movimento de vai e vem, cá e lá de um 'não' expandido pelo corpo teso até os pés empinados. Arin viu então o corpo tremer endemoniado. Afastou-se da cama e, apoiada na parede, sentiu-se protegida. Finda a convulsão, as pernas da enferma se dobraram com os joelhos abertos e apontados para o teto, e as mãos sobre o ventre continuavam a tremer. Uma câmara de urros e palavras confusas se formava na sala escura e Arin traduzia internamente o que se esforçava a ouvir do corpo combalido. Ai... ai... fia! O...o... que... o... o... di... di...? Dia! Que... que... dia! Fia... fia! Não... não... bu...bu... be... so... so... so... U... u... u ...te. Tu... tu... A mulher alongou as pernas relaxadas, calou sua alma moribunda e estendeu a mão a Arin que se aproximava decidida. Por que isso, agora? – aquietou-se em linhas confusas. Liu pegou-a pelo braço e a acomodou na cadeira num canto da sala. Dobrou-se sobre um dos joelhos olhando de frente e contou as minúcias daqueles dias funestos nos quais uma menina de quinze anos foi encantoada no fundo de uma venda, e dois meses depois levada longe pelo pai aquiescente numa carroça de rodas duras para trás dos morros secos e vermelhos até um retiro de gente velha onde ficou sete meses escondida. Falou do nascimento da pequena criatura, e de como foi trazida pelas mãos da parteira Edwiges até a mais experiente de suas irmãs, Nete, que a criou na casa de alpendre descascado de fim de rua. Respondeu perguntas e mais perguntas sobre disfarces, mentiras e silêncios, encarou dúvidas escritas na pequena face brutalizada pelas rezingas da vida de uma alma que fenece no fundo torvo de um colchão. Só parou quando já chegava o padre, e o fim do sexto dia.

[gato gato gato]

ARIN FUGIA DE UM SILÊNCIO A OUTRO, e caminhava com cuidado pelo capim úmido que se abria em meio à capoeira e às casas pobres. A cruz de madeira permanecia irrefletida na pouca luz do céu apinhado de estrelas em noite sem lua. O chão ao redor era batido e cortado por uma trilha abaulada na terra seca. Foi-se o tempo de velas derretidas, estatuetas, botas ortopédicas, pernas de gesso, retratos desbotados, televisãozinha de plástico com o sagrado coração de Jesus florido numa telinha de pano. Ex-votos, promessas bem ou mal cumpridas, foram dali subtraídos e queimados quem sabe onde. Agora a cruz está despojada de qualquer sacralidade apesar do feitio antigo de carpintaria em madeira de lei. Foi também um dia covardemente pintada de branco. Sobraram restos desgastados de tinta esmalte que de tanto em tanto são arranhados com caco de vidro, prego ou pedaço de tijolo, caligrafias torcidas e frases toscas. Arin chegava com o gato no colo. Preto-preto, dava-lhe o aconchego ladino que movia os dois corpos confundidos na completude da cúpula escura de uma noite pontilhada. O rabo macio lhe chegava ao pescoço, e atraía seus lábios até as pontinhas das orelhas de Pino, o gato. As mãos açovacavam o bicho, apertavam-lhe a barriga e as patas, separavam os dedos afiados tão bem-feitos pela impecável natureza. Que magnífico animal numa noite tão esplêndida, ancestral sonolência de gato e estrelas a fazer o infinito cálculo do desamor! Não era fácil encarar toda aquela imensidão. Por isso o gato, por isso a noite cheia, num chão escuro pleno de tocos e espinhos, voltar depois de tanto tempo de adolescência, caminhar sob o arrojo da memória, caminhar no escuro do risco do recordo com um animal molengo que olha sem entretom, e espelha de mistério tudo em volta distante. Enfim, um respiro-conforto ao ar solto, sem palavra nem juízo nem gente. Arin liberou Pino que correu a esticar-se na madeira da cruz, abriu um bocejo olhando de lado e afiou as unhas marchando com as almofadas das patas da frente. Parecia que não sairia nunca mais daquele rebolo. Arin olhava bem de perto os rabiscos na cruz, iluminando-os com o celular. Reconheceu nomes, entendeu chamados. Nada de seu. Mas um frio desceu-lhe pela espinha e um escuro feito nuvem lhe caiu como um manto sobre as costas. Agarrou Pino no colo e aqueles traços borrados lhe rasgaram a mente, a sufocar o ritmo exposto da noite e o desenho já visitado no gavetão poeirento. Blabação inconfidente. Por que tudo isso ainda, e agora? Pérfido coiote, velhaco untuoso, galhofa, troça, abandalhada mãe sem dó. De improviso uma luz se moveu distante no fundo do que lhe parecia o vazio, e veio balançando na sua direção. Tocou-lhe bem na cara o feixe da lanterna, e se girou em seguida iluminando uma placa de madeira fincada na terra. Propriedade privada. Terreno comprado da igreja com cruz e tudo. Olhou baixo sem dizer nada àquele homem conhecido de peito peludo e vazio dentro, e se destacou, como as garras do bichano da cruz, daquele estado de coisas arredias. Voltou-se e caminhou até o carro estacionado no fim da rua. Pino agora enrolado no banco do carona dormia fundo embalado pelo fusca sessenta e oito, gótico rebaixado que ia e vinha entre o largo da igreja e o cemitério. De uma correntinha dourada trançada no retrovisor, pendia um pequeno crucifixo liso, sem o cristo, os dedos de fora das luvas agarravam a parte de cima do volante engomado diminuto e o câmbio alto molengo com uma bola grande de vidro amarela na ponta. A noite não dava trégua na cidade de ruas retas, fronteiras de solidão entre casas de fachadas escondidas por portões e muros enfileirados, arames espiralados sobre tudo que pudesse ser alcançado. Lojas e bares com portas de aço lacradas. Parou e fumou de olhos secos um cigarro inteiro com o gato preguiçoso agora no colo quase escorregando pelo vão entre a perna e a porta do carro. Apoiou o lápis de pedreiro no caderno engordurado e puído: 'Um pelo outro troco. Imenso feixe de luz por buraco oco. Dez dedos pelo chão que toco. Passo x passo. Gato gato gato dizia velho Otto. Disse tudo, eu digo de novo. Galáctico gato! Verás tudo, eu conto. Incalculado dolo sêmen inimigo risco fruto maldito lusco-fusco rogo pastoso e fim de canto'. Deu de novo partida no carro, e no tempo, e se foi.

[the who no canavial]

NUM BELICHE estreito selado por lençóis encardidos, Arin pegou a caneta e a fincou num papel velho e amassado:

'Canavial labirinto arenoso de servidão longa e tortuosa um fim de rua sem risco de não ter volta – esquecimento profundo de tudo o que não cabe no recipiente moderno de uma vida distante lisa acesa em quadros ardentes moventes pelo pouco sentido em se sentir só – noite perdida de farol espigado alucinado cortante depósito coisa lancinante tesuda justamente por estar diante de um vidro embaçado n'outro carro estacionado – cá e lá bater de mão excitante gravado não na areia nem no papel mas no vidro que é o fruto da areia lente reflexo de cliques moventes corretivos de cartáceo filtro – tudo é tão facilmente duplicado nesse espelho – cidade morta – mãe ausente – rua vazia – alma vadia – criança vexada – gente sem dente – o que foi devorado seria agora só mais um pouco mais ou menos um avesso penetrável cozido de tatuagens – como boi ferrado assado e comido – a vida dividida feito miolo de livro velho – e eu e o fusca e o facão ao lado do tanque

de gasolina desço lenha na cana e talho e descasco
e corto um gomo sexta parte enfiada de comprido
na boca e chupo até o bagaço o pouco caldo muito
muito doce e bom bom e seguro de novo o gomo e
os lábios e os dentes e arranco as calças e o tênis
e jogo tudo no porta-malas de porta levantada de
camisa aberta de bunda de fora e ensaio uma dança
com estalo de língua e beiço e com uma mão tiro
a cana da boca e com a outra enfio o dedo médio
no meio da língua que saliva e boto de volta a cana
entre lábios e esfrego o dedo molhado na porta do
cu mantendo o bailado – que desconcerto estar aqui
só no labirinto arenoso com uma falange a girar
gostoso no olho pregueado do mundo – escrevo e
gravo esfrego a bunda no fusca e as mãos no pescoço
barriga bico de peito um e outro duas margaridas as
orelhas e danço a fauna e a flora endiabradas mix
de cheiros e o funil da gasolina que boto de elmo
na cabeça dois tiros dois segundos e tiro a cana da
boca e assopro na ponta do tubo berrante bailado
tosco e pego um trapo fedido a óleo e gasolina e
enrolo no pescoço o lenço elegante na dança do
acuda – e gozo se alguém me mete olho e me estico

enfiando a barriga no vão da janela e ligo alto o
som do carro e tiro as pernas do chão e mais um
pouco ao banco de trás e agarro uma corda e puxo
bamba na mão a girar por cima da cabeça a vergar
contra as costas o flagelo solitário na alameda do
álcool da vingança escrevo e digo conheço bem
esse ritual – the who no canavial – quando de novo
uma luz do fundo vazio me vem a balançar duas
caras quadradas de polícia que traziam sobre elas
estampado – Não haverá perdão pelo filme em que
meti a faca e murros insistentes triste conjugado
barriga e mão não tinha outro caminho eu tinha
que me lavar das coisas medonhas me escorrendo
entre dedos me corroendo miolos – quão pequeno
ficou tudo moído – o camburão parado longe – e
dois brutamontes que arrastam meu corpo com o
peito do pé pelo areão e jogam dentro mais as calças
e meu cadernão que se acomodam no chão frio da
lata de uma Veraneio e explicam direitinho as duas
caras o motivo da minha prisão num pedaço de
papel branco iluminado e o direito do silêncio claro
que sempre me foi doado – tudo plano e apagado e
uma grelha de churrasco num buraco no banco de

trás do carro e eu de tosco crivo ferro o resto que tinha feito cinza – ninguém fica à toa na mata da cana assassina'.

[os dois curiosos]

O SACOLEJO DOS PARALELEPÍPEDOS maltratava o corpo jogado no camburão da Veraneio preta e branca. Uma confissão era o melhor caminho, explicava Dino, um dos caras quadradas, lendo alto pelo gradil: 'MANDADO DE PRISÃO Nº 7004787431. O Doutor Fernando Albatroz, Juiz Estadual da 13ª Vara, Subseção e Seção Judiciárias de São Paulo, na forma da Lei, M A N D A quaisquer Autoridades Policiais a quem for este apresentado, indo por ele assinado, que em seu cumprimento, prendam e recolham à prisão ARIN DOS SILVANOS para início da pena e condenação dos delitos cometidos'. Delitos hediondos, completou, e Arin se remexeu no quadrado de lata com as mãos algemadas nos rins. O Polícia acelerou forte fazendo sacolejar a grelha no banco de trás e saltar os próprios cotovelos apoiados para fora da janela da viatura que rasgava o fundo do assoalho numa lombada entre estouros do escape de boca larga. Chega de brincadeira, em uníssono diziam as duas caras que cortavam as ruas calçadas da cidade, e se afastavam dobrando com violência uma esquina de terra. Seria um prêmio tirar uma confissão depois de anos, arrancar detalhes que talvez jamais sejam ditos em juízo. Matutavam. Nem tudo estava escrito no caderno e no sofá de couro-falso carmim nem expresso naquela equação lógica que definia o que era um desenho de igualdade e a vingança, ou que explicasse o mecanismo da solidão de uma criança que faz com que nela se torne uma coisa só o sentimento de abandono e o repúdio, fusão de duas pequenas moedas cadentes, que se acomunam num lento apagamento de morte em morte em silêncio. Matar quem já nasce morto e de mãe morta e assim seguir o kkk sem fim do pai homicida. Nem tudo estava no ventre e no hálito natimorto daquela cidade, lugar de sempre, fim de história, de onde se cresce e se mergulha num modo cifrado por comportamento arredio, onde não cabe palavra difícil que possa salvar um destino feito de empenho humilhante, brinquedo colorido de plástico estraçalhado. Palavras simples e maldosas, verbos de existência sufocante. Tudo isso girando solto pelas mentes, claro, num plano conveniente ao crente até que o carro preto e branco estaciona num buraco escuro e faz gelar de novo os olhares refletidos nas lanternas que vêm sempre do vazio, e de novo acesas. Conta tudo bem devagarinho, pediram os dois milicos, um já velho e o outro ainda novo. Querem saber tudinho sobre os piores pecados de sangue, e o silêncio incógnito e insistente traz ainda mais fôlego aos dois curiosos, que descem do carro correndo e abrem a porta de trás do camburão puxando o corpo franzino. Dizer é bem melhor, pois se entende, sempre fomos amigos de todos. Não é, meu Bine? De silêncio em silêncio, o nervo cresce teimoso e o pedido se encrespa, rude. Na verdade, não é bem de seu direito ficar em silêncio aqui entre nós, explicou o mais velho, e o novo riu torto. Afinal foram anos de espera e mentira, e chega, isso tudo nos tira do sério. Pega a grelha, Dino! É pra já, meu Bine, você sempre quis ser o patrão! E pegou enquanto o outro o carvão e jogou no chão atiçado pela gasolina, e meteu fogo. Esquentou e preparou os ferros, o Bine, olhou de frente e agarrou Arin pelas orelhas. Te peguei na curva e te alinho os dentes, e empurrou o corpo dobrado na grelha ardente. Um grito fez parar tudo e trouxe de volta a esperança aos sádicos idiotas. Mas o berro nada dizia sobre detalhes mórbidos, olhos furados, a cruz traçada pela ponta de uma faca na testa do Bube, o cara da venda das fileiras aprumadas, nada sobre as bolinhas de papel encharcadas de sangue e enfiadas nas narinas e nos ouvidos de Ute, nem sobre os hieróglifos riscados no chão de madeira em torno dos dois corpos estirados de braços abertos e mãos dadas, nada sobre a toca de banho na cabeça do homem, o tufo de algodão doce no coque da mulher, o sol bizarro e sorridente desenhado na parede, dentro escrito Perdeu playboy. Eu sempre soube de tudo.

[o anjo vermelho]

LIU OBSERVAVA ENCOSTADA NO UMBRAL da pequena sala o bebê sentado na bacia d'água. Tinha um ano e seis meses, mas parecia menos. Em volta da criança as tias oravam e mexiam na água com as pontas dos dedos em pequenos movimentos circulares. De vez em quando, Liu se aproximava das irmãs e puxava para baixo a pálpebra inferior da criança. Oh, Nossa Senhora do Ó, por que tanta espera? A criança acabara de voltar do hospital por conta de uma cirurgia de estenose na uretra. Se não urinar sem a sonda em três dias vai a óbito, escutaram quando a recolheram da maca na saída da enfermaria. O que fizemos para merecer tudo isso... e entraram com o bebê num táxi financiado pelo tio-avô, comovido pela situação de falência em que a família havia se metido nos últimos anos. Sem a ajuda do velho, nenhuma espera seria necessária e sequer se teria levado a criaturinha à cidade grande e ao renomado médico. A bacia estava sobre uma mesa de centro na saleta ao lado de uma escrivaninha e de um sofá onde se sentavam as visitas que se revezavam em conversas insidiosas a um possível luto. A irmã mais velha acrescentava pitadas de bicarbonato de sódio à mistura de ervas diluídas na água benta, e agitava o líquido esverdeado ao redor dos pequenos glúteos espremidos nas bordas da bacia de alumínio. A pequena criatura se comportava, com a genitália afundada no líquido, a coluna dobrada, sem choro ou balbucio algum a olhar em cliques secos os olhos de cada mulher. Demorava às vezes para mudar de rosto e direção, o que gerava pequenos risos nas faces contidas das tias e das visitas em torno. Às vezes tocava a superfície da água com as mãozinhas espalmadas e as recolhia rápido sobre o ventre, e olhava o umbigo estufado. Era já o terceiro dia da espera que trazia angústia e a última esperança depositada nessa mistura de banho e reza. Nos dias anteriores, as irmãs trataram do assunto sem alarde, com aparência de normalidade que a vida pacata e fiscal de cidade pequena pede. O bebê dormia regularmente à noite, comia e bebia o pouco que lhe davam, aceitava as massagens frias das tias, e defecava, o que parecia ser um sinal de que desejava viver. Mas nada de mover aquela região selada do corpo, que filtra e alivia remotamente a pressão do baixo ventre. A bexiga é pior que o intestino, ninguém manda nela, dizia uma das mulheres antes de encaixar as mãos nos sovaquinhos do bebê e reacomodá-lo na bacia. Talvez urinasse se estivesse deitado numa banheira com a nuca e as costas n'água e o nariz para o teto, comentou uma senhora com as mãos apoiadas nas bordas dobradas da bacia. Se tivessem feito logo o batismo... Agora tem que molhar a cabecinha a cada três minutos. O leite materno faz falta mesmo. Olho gordo é pior que sílica, seca qualquer coisa. Se tivessem escolhido um nome menos duvidoso... Represamento tem a ver com sanha. Tinha que ter uma torneira aberta aqui do lado. Era só botar a bacia no jardim. Quando o sal empedra no rim... Azar, é só azar, vida, zebra. Nem dá para dizer que foi excesso de mimo. Tem alguma coisa na água dessa cidade. E quando Liu se aproximou mais uma vez da bacia, não só para controlar os olhos da criança, mas numa tentativa de conter esse aglomero de palpites obtusos, um esguicho de urina tomou seu olhar cabisbaixo. As tias lançaram as mãos na bacia, gritaram aves e jogaram água para o alto, e a deixaram escorrer pelos cabelos cacheados do bebê. E a água foi tingindo-se de vermelho, espirro sangrento de futuros incômodos, jorro de arrojo escarlate e consolo incontinente.

Sobre o autor

Milton de Andrade, psicólogo formado pela Universidade de São Paulo, docente universitário, pesquisador e doutor em artes da cena pela Universidade de Bolonha, tradutor e estudioso da teatralidade na obra de Dante.

© 2025 Milton de Andrade.
Todos os direitos desta edição reservados à
Laranja Original Editora e Produtora Ltda.

www.laranjaoriginal.com.br

Edição Filipe Moreau
Projeto gráfico Marcelo Girard
Produção executiva Bruna Lima
Diagramação IMG3

Dados Internacionais de Catalogação na Publicação (CIP)
(Câmara Brasileira do Livro, SP, Brasil)

Andrade, Milton de
A cruz baldia / Milton de Andrade. – 1. ed. –
São Paulo : Editora Laranja Original, 2025.

ISBN 978-65-5312-002-0

1. Romance brasileiro I. Título.

25-262877   CDD-B869.3

Índices para catálogo sistemático:
1. Romances : Literatura brasileira B869.3
Eliane de Freitas Leite - Bibliotecária - CRB 8/8415

Laranja Original Editora e Produtora Eireli
Rua Isabel de Castela, 126
05445-010 São Paulo SP
contato@laranjaoriginal.com.br

Fontes Walbaum / *Papel* Pólen 90 g/m^2 / *Impressão* Infinity / *Tiragem* 150 exemplares

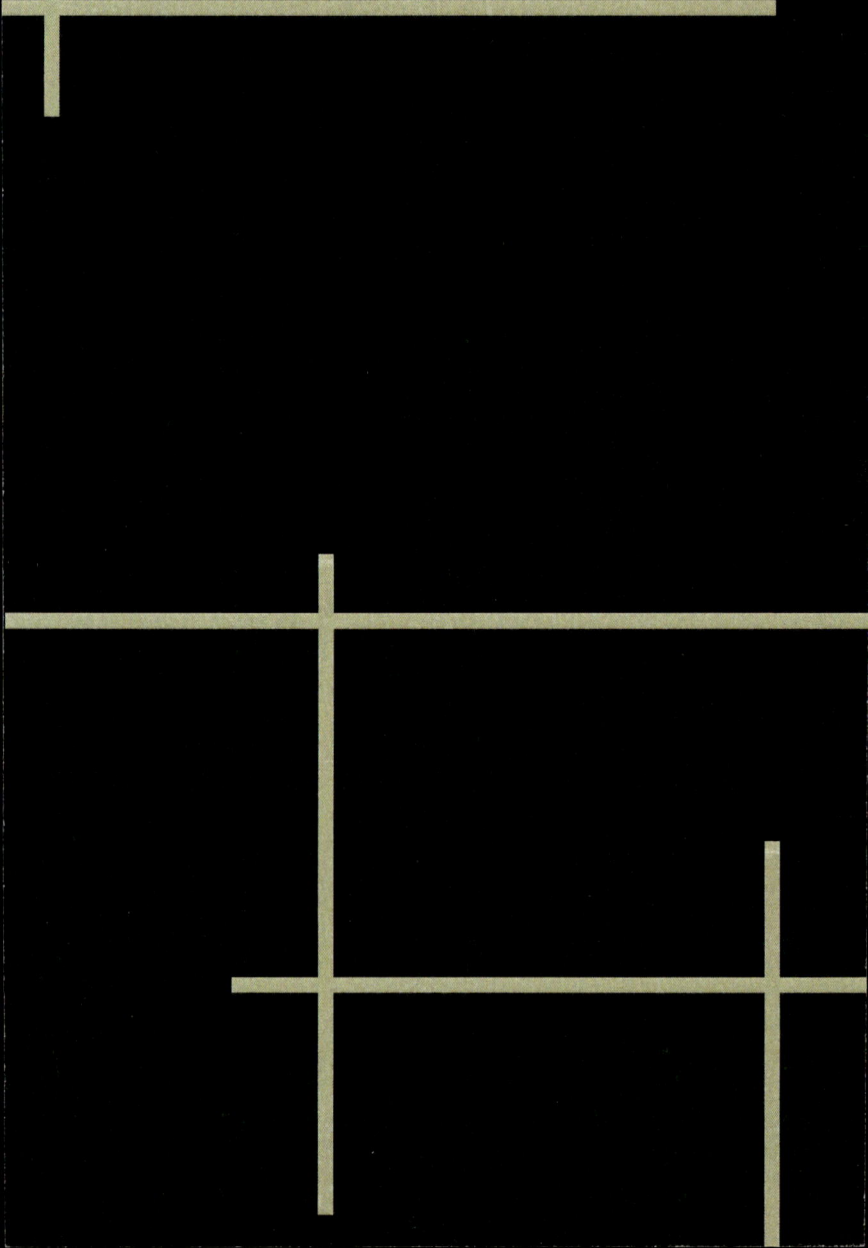